RÉPONSE

AU MÉMOIRE JUSTIFICATIF

DE M. LE COMTE LANJUINAIS,

PAIR DE FRANCE.

CET OUVRAGE SE TROUVE AUSSI

Chez M. DESAUGES, libraire, rue Jacob, au coin de la rue Saint-Benoît;

ET AU PALAIS ROYAL,

Chez MM. DELAUNAY et PÉLICIER, libraires,
Et chez tous les marchands de Nouveautés.

RÉPONSE

AU MÉMOIRE JUSTIFICATIF

DE M. LE COMTE LANJUINAIS,

PAIR DE FRANCE.

PAR MAURICE MÉJAN.

A PARIS,
DE L'IMPRIMERIE DE C.-F. PATRIS,
RUE DE LA COLOMBE, N° 4, DANS LA CITÉ.

21 DÉCEMBRE 1815.

RÉPONSE

AU MÉMOIRE JUSTIFICATIF

DE M. LE COMTE LANJUINAIS,

PAIR DE FRANCE.

M. LE COMTE LANJUINAIS vient de publier un Mémoire justificatif, *avec des notes sur un Libelle* intitulé : RÉFUTATION DE L'OPINION *de M. le comte Lanjuinais, etc.*, *par* MAURICE M.

On croirait, en lisant le titre de cette *Réfutation*, que l'auteur s'est enveloppé lâchement du voile de l'anonyme : la vérité est cependant que ma signature toute entière s'y trouve, parce que j'ai pour principe d'avouer tout ce que j'écris.

Pourquoi donc M. le comte Lanjuinais s'est-il permis de ne retracer que la lettre initiale de mon nom ? Cette petite infidélité ne peut avoir eu pour but que de justifier l'insultante qualification de *libelle*, qu'il a donnée à mon écrit, ou d'affecter à mon égard une sorte de générosité.

Dans le premier cas, j'ai le droit de m'en plaindre, parce qu'elle fait planer sur moi un soupçon qui me blesse.

Dans le second, je dois repousser une indulgence dont je n'ai pas besoin, et qui n'est, au fond, qu'une véritable perfidie.

Voyons maintenant quels sont les reproches qu'il m'adresse, et jusqu'à quel point ils sont fondés.

S'il faut l'en croire, *le Monarque accompli*, ouvrage que je lui ai attribué, et qui fut brûlé, en 1776, par la main du bourreau, est *la production d'un principal de collége suisse, portant son nom.*

Il est possible que j'aye commis, à cet égard, une erreur; mais lors même que mon caractère bien connu ne me mettrait pas à l'abri du soupçon d'avoir voulu calomnier M. le comte Lanjuinais, personne ne croira que je me sois permis sciemment une fausse allégation, puisque j'ai signé ma brochure.

L'écrivain qui se cache peut calomnier à son aise : mais celui qui attache son nom à son ouvrage, se garde bien de se livrer à des imputations qui l'exposeraient à des poursuites judiciaires et au désagrément mille fois plus pénible encore, d'être signalé comme un calomniateur.

J'ajoute que j'ai puisé ce fait dans un ouvrage en deux volumes, intitulé : *Histoire de Louis XVI, precédée d'un Aperçu sur le gouvernement de France, depuis Louis XV jusqu'à nos jours;* ouvrage qui paraît avoir été imprimé à Hambourg, en 1802, mais qui l'a été probablement en France, ou s'y est du moins répandu sans obstacles; car il contient le plus pompeux éloge de Bonaparte qu'on y peint comme *un de ces héros qui n'ont point de patrie particulière ; qui par leurs bienfaits appartiènent à toute la terre, dont la renommée croît toujours à mesure que le rouleau des siècles se déploie, et qui était venu consoler la France de la disette des grands hommes.*

Et qu'on ne pense pas que M. le comte Lanjuinais n'y soit pas désigné d'une manière expresse : la preuve qu'on a bien voulu parler de lui, et non du *principal de collége suisse*, c'est qu'on y rappèle sa proscription à l'époque du 31 mai 1793.

J'ai dû croire qu'il connaissait ce livre ; et comme il ne s'était jamais plaint de l'assertion de l'auteur, j'ai dû aussi considérer son silence comme un aveu formel qui m'autorisait à la reproduire.

Peut-être ne s'abstint-il alors de réclamer, que parce qu'il pensa que *le Monarque accompli* était un titre de plus aux bienfaits d'un aventurier dont le premier soin fut, en usurpant le pouvoir, de s'environner de tous les hommes funestes qui avaient sonné le tocsin de la révolte ; mais je n'étais pas obligé de le savoir, et, dans tous les cas, il me semble que les détails dans lesquels je viens d'entrer, répondent d'une manière victorieusse à ce premier reproche.

Le second résulte de ce que je l'ai blâmé d'avoir accepté la présidence du *tripot révolutionnaire* convoqué par Bonaparte.

Ici M. le comte Lanjuinais ne nie pas le fait, parce qu'il n'a pas le moyen de le rejeter sur *le principal de collége suisse*, ni sur un autre individu ; mais il prétend d'abord que *de tels sarcasmes ne font rien en faveur de la loi du 29 octobre dernier ;* et, ne pouvant dissimuler le regret profond que lui cause la dissolution de cette assemblée illégale, il ose affirmer que *l'Histoire n'appèlera pas d'un mauvais nom la chambre des représentants de* 1813, *qui, si le Roi l'avait conservée, ainsi qu'il lui en avait fait donner le conseil, lui eût peut-être assuré, dans un moment, l'armée, l'argent, les opinions* ALIÉNÉES, *l'action du gouvernement représentatif ; et qui, au surplus,* LIBREMENT *élue par les électeurs* LÉGITIMES, *par ceux* DE LA LOI, *était convoquée par le gouvernement* DE FAIT *qui avait la* VISIBILITÉ.

J'avoue que ce que j'ai dit à cet égard ne prouve rien en faveur de la loi du 29 octobre ; mais je n'avais ni le droit ni la volonté de défendre une mesure que le Roi et les deux chambres avaient jugée nécessaire, et qui, si elle avait pu devenir l'objet d'une critique *décente*, lorsqu'elle n'était encore qu'un projet, commandait le respect et l'obéissance, depuis qu'elle avait été érigée en loi. Ma tâche se bornait à prouver que M. le comte

Lanjuinais avait eu tort de la comparer à l'épouvantable loi des *Suspects*, et je crois avoir porté sur ce point la démonstration jusqu'au dernier degré de l'évidence.

Quant à tout ce qu'il dit en faveur de la chambre des représentants de 1815, ma réponse sera aussi simple que courte.

Elle était LIBREMENT *élue !...* C'est pousser bien loin le cynisme, que de se permettre une telle assertion ; car personne n'ignore qu'elle le fut sous les auspices les plus sinistres, c'est-à-dire au milieu des vociférations de la plus vile canaille, comme l'avait été la *Convention nationale* sous la funeste influence des conspirateurs du 10 août, et des bourreaux du 2 septembre.

Si elle avait été *librement* élue, les *Cambon*, les *Merlin*, les *Barrère*, les *Carnot*, les *André-Dumont*, les *Fouché*, les *Garrau*, les *Garnier de Saintes*, etc., etc., n'y auraient pas été admis, parce que l'immense majorité de la nation, qui a éternellement protesté contre leurs excès, et particulièrement contre l'assassinat de Louis XVI, se serait bien gardée de se livrer à des choix qui l'auraient associée à un forfait qu'elle abhorre.

Vainement M. le comte Lanjuinais avance-t-il que *le petit nombre des électeurs en beaucoup de départements, avait, par une dévolution qu'on ne peut pas contester, recueilli tous les droits des absents volontaires.*

Cela serait vrai dans des temps ordinaires, mais cela est faux dans les circonstances où nous nous trouvions alors ; parce que les hommes qui s'abstinrent de concourir aux élections, ne furent guidés que par un sentiment religieux, qui les avertit qu'ils ne pouvaient pas répondre à l'appel de l'usurpateur, sans lui reconnaître un droit qu'il n'avait pas.

Et c'est une chambre ainsi composée (1), une chambre qui, loin de représenter la nation, ne représentait qu'une minorité cri-

(1) Je suis loin de placer tous ses membres sur la même ligne, car dans le nombre il y en avait quelques-uns de très-estimables : mais la majorité ne se composait que de factieux, et toutes ses délibérations l'attestent.

minelle, une chambre qui avait osé lutter jusqu'au dernier moment, de la manière la plus révoltante, contre l'autorité légitime; c'est une telle chambre que M. le comte Lanjuinais conseillait au Roi de conserver, parce *qu'elle lui aurait peut-être assuré dans un moment, l'armée, l'argent, les opinions aliénées!......*

Ce conseil était un véritable outrage à la majesté du trône, puisqu'il tendait à faire admettre comme représentants de la nation, les bourreaux de Louis XVI, les complices de Bonaparte, et à obtenir du Roi, en faveur de l'armée, une marque de déférence dont elle s'était rendue indigne par sa trahison.

Pour ce qui est *des opinions aliénées*, je n'entends pas ce que veut dire M. le comte Lanjuinais, à moins qu'il n'ait cherché, par ces expressions, à justifier toutes les calomnies insérées dans la fameuse déclaration du conseil d'État, du 25 mars dernier, et dans le rapport de Carnot aux deux chambres, c'est-à-dire à accréditer l'idée que le Roi avait violé la charte; car toutes les opinions sont en faveur de ce prince, excepté celles d'une poignée de misérables, que sa clémence ni ses bienfaits ne convertiront pas, tant il est vrai que si l'offensé pardonne, *l'offenseur ne pardonne jamais !*

Mais cette chambre, ajoute-t-il, était convoquée par le gouvernement *de fait*, qui avait la *visibilité*.

Ah! c'est ici qu'il importe de rappeler des principes trop long-temps méconnus, et dont l'infraction a été la source de tant de maux.

Quand un gouvernement illégitime *existe*, et qu'il a, pour me servir de la bizarre expression de M. le comte Lanjuinais, la *visibilité*, c'est sans doute un devoir pour tous les bons citoyens de s'y soumettre; mais il y a loin d'une obéissance passive, à cette prétendue obéissance des hommes qui, en acceptant de ce gouvernement des places et des honneurs, concourent à l'usurpation et la consacrent. Les premiers ne seraient coupables en obéissant, que dans le cas où ils auraient des moyens assurés pour faire triompher l'autorité légitime; tandis que les autres le sont par le fait seul de leur participation aux actes de l'usurpateur.

Que M. le comte Lanjuinais professe une

opinion contraire, on ne doit pas s'en étonner : c'est une conséquence naturelle de la conduite qu'il a tenue depuis vingt-six ans; c'est le besoin de se justifier d'avoir accepté la présidence de la chambre des *prétendus représentants;* mais il est temps enfin de proscrire un système aussi sauvage, dont la funeste conséquence serait de légitimer ces scandaleux exemples de défection, qu'ont donnés, pendant le dernier interrègne, un grand nombre de militaires, de magistrats, d'administrateurs, et d'absoudre d'avance tous les hommes qui, dans le cas d'une révolution nouvelle, seraient disposés à les imiter.

C'est en invoquant cette doctrine anti-sociale, que les défenseurs du maréchal Ney ont cherché à établir son innocence, puisqu'ils soutenaient que leur client ne s'était réuni à l'usurpateur qu'après que celui-ci, maître de Lyon, y avait déjà rendu plusieurs décrets qui ne permettaient pas de douter qu'il ne fût en possession du trône; mais M. Bellart l'a combattue avec toute la supériorité de son talent, et la chambre des Pairs a prouvé par son arrêt, qu'il ne suffisait pas qu'un gouvernement *eût la visibilité*, pour qu'on fût affranchi de ses devoirs envers le souverain légitime.

Qu'on ne nous parle donc plus d'obéissance aux gouvernements *de fait*, pour excuser l'appui qu'on leur prête : ceux qui s'associent à l'usurpateur, conspirent contre la société dont ils sont membres, et ressemblent à des enfants dénaturés, qui aideraient un brigand à piller la maison de leur père. La patrie a le droit de les punir du crime dont ils se rendent coupables en soutenant son ennemi.

M. le comte Lanjuinais, qui nous rappèle avec tant d'orgueil les détails de sa proscription véritablement honorable, au 31 mai, aurait dû montrer dans cette dernière circonstance, la même fermeté. Il y aurait eu quelque courage à refuser les fonctions dont l'investissait le tyran, quoique le danger ne fût pas le même, et quoiqu'il ne fût pas réduit à aller habiter *ce grenier dont la lucarne était fermée d'un fagot, dont la couverture, qu'on n'osait pas réparer, ne garantissait point sa couche de la pluie* (1); mais il n'y en avait aucun à les accepter : car enfin, les procès-verbaux de la chambre de 1815, attestent qu'il ne fit aucun effort pour déjouer les manœu-

---

(1) Page 38 du *Mémoire justificatif.*

vres des factieux et pour les rappeler aux sentiments qu'ils devaient au meilleur des Rois (1).

Qu'il examine la conduite des ducs *de Bellune*, *de Tarente*, *de Reggio*, *de Raguse*, *de Feltres*, du maréchal *Gouvion-Saint-Cyr*, des comtes *Maison*, *de Lagegenetière*, *Monnier*, des marquis *de Grivel*, *de Vaulchier*, de M. *Decaze*, de M. *Mourre*, *de M. Séguier, etc., etc.*; qu'il nous apprène ensuite ce qu'il faudra dire de ces hommes recommandables qui ont respecté leurs serments, quand il ne craint pas, lui qui viola les siens, d'affirmer, au sujet de sa présidence, *que jamais il ne s'oublia plus entièrement, et ne s'exposa davantage pour se dévouer au salut de son pays* (2)?

---

(1) M. le comte, qui a prévu l'objection, y a répondu, en disant que *son devoir comme président était de rester impassible*; excuse d'autant plus pitoyable, que *l'impassibilité* qu'un président doit observer pendant les délibérations, n'empêche pas qu'il ne prène part aux discussions, car il n'est pas là seulement pour présider; il y est encore pour concourir par ses lumières à tout ce que le bien public exige.

(2) Page 12 du *Mémoire justificatif*.

M. le comte insiste et s'exprime en ces termes :

« Son président (de cette chambre) avait » été choisi, malgré les efforts, les grands » efforts réunis des quatre ministres de Na- » poléon qui étaient dans la chambre ; il » fut choisi comme dévoué au système de la » monarchie constitutionnelle héréditaire, et » comme ne pouvant être soupçonné d'esprit » de parti en faveur de Napoléon, qu'il ne » s'agissait pas de trahir, sans doute, mais » dont on pouvait prévoir la chute ».

Il est difficile de croire que les quatre ministres de Napoléon, s'ils avaient véritablement fait des efforts pour porter un autre homme au fauteuil, n'y fûssent pas parvenus ; et ce qui prouve, au reste, ou qu'ils n'en firent point, ou du moins qu'ils n'avaient reçu à cet égard aucune instruction de leur maître, c'est que celui-ci qui avait le droit de s'opposer au choix de la chambre, s'empressa, au contraire, de le confirmer. Ce n'est pas qu'il affectionnât beaucoup M. le comte Lanjuinais, mais depuis la monstrueuse alliance qu'il avait contractée avec les républicains, il était obligé de les caresser jusqu'à ce que les circonstances lui permissent de se livrer à ses habitudes despotiques; et il sentit bien qu'il ne pouvait rien faire de plus agréable à ce parti, que de souscrire au vœu qu'il venait d'émettre en faveur d'un homme qui, bien qu'il eût accepté le titre de *comte* avec un modeste traitement de trente-six mille francs, après avoir appuyé de toutes ses forces, en 1789, l'abolition de la noblesse (1), était encore considéré comme un des plus chauds partisans de la république.

M. le Comte cherche bien à nous faire entendre qu'il fut choisi, au contraire, par l'assemblée, à cause de son attachement à l'auguste famille des Bourbons, lorsqu'il nous dit qu'on le désigna *comme dévoué au système de la monarchie constitutionnelle héréditaire, et comme ne pouvant être soupçonné d'esprit de parti en faveur de Napoléon, dont on pouvait prévoir la chute.* — Mais la conduite de la chambre démontre qu'elle n'avait pas été guidée par un motif aussi noble; et quant à lui, s'il est vrai qu'il fût *dévoué au*

---

(1) Voyez le n° 172 du *Moniteur*.

système de la monarchie héréditaire, ce n'est certainement pas à celle de nos princes légitimes, puisque son discours à la chambre, au moment où il prit place au fauteuil, renferme ces expressions bien remarquables et qui ne sont pas équivoques : JE N'AI A CHANGER NI DE PRINCIPES NI DE CONDUITE : VOUS ME VERREZ UNI A L'EMPEREUR, *et tout dévoué a la patrie, à la justice, à la liberté, à la prospérité de la France et à son indépendance* (1).

Est-ce là tout ? Non. Le *Moniteur* du 9 juin nous apprend encore que M. le Président, dans la séance de la veille, sollicita, d'une manière fort adroite, en faveur du bureau, l'honneur de rédiger le projet d'adresse à présenter au tyran ; et cette adresse, insérée dans celui du 12 du même mois, ne laisse également aucun doute sur les véritables sentiments dont M. le Comte était animé. Citons-en un passage :

« A la suite d'événements désastreux, la
» France envahie ne parut un moment écou-

---

(1) Voyez le *Moniteur* du 6 juin.

» tée sur l'établissement de sa constitution, » que pour se voir presque aussitôt soumise » à une charte royale émanée du pouvoir ab- » solu, à une ordonnance de réformation tou- » jours révocable de sa nature, et qui, n'ayant » pas l'assentiment exprimé du peuple, *n'a » jamais pu être considérée comme obliga- » toire pour la nation.*

» Reprenant aujourd'hui l'exercice de ses » droits, se ralliant autour du héros que sa » confiance investit de nouveau du gouver- » nement de l'Etat, la France s'étonne et s'af- » flige de voir des souverains en armes lui » demandant raison d'un changement intérieur » *qui est le résultat de la volonté nationale*, » et qui ne porte atteinte ni aux relations exis- » tantes avec les autres gouvernemens, ni à » leur sécurité. La France ne peut admettre » les distinctions à l'aide desquelles les puis- » sances coalisées cherchent à voiler leur ag- » gression. *Attaquer le Monarque de son » choix, c'est attaquer l'indépendance de la » nation. Elle est armée toute entière pour » défendre cette indépendance, et pour re- » pousser sans exception toute famille et tout » prince* QU'ON OSERAIT VOULOIR LUI IMPOSER ».

Certes, un homme qui aurait été dévoué à nos princes, n'aurait certainement pas voulu concourir à la rédaction d'une adresse aussi mensongère, aussi fortement prononcée contr'eux, et rien n'eût été plus facile que de l'éviter. Il ne fallait, pour cela, que laisser l'assemblée libre de nommer une commission pour s'occuper de ce travail; car des milliers d'exemples attestent que les bureaux ont été rarement appelés à remplir cette tâche.

M. le Comte dira-t-il que l'adresse est l'ouvrage de la majorité de ses collaborateurs, et qu'il fit tous ses efforts pour qu'elle fût conçue en d'autres termes? Mais, dans cette supposition, je lui demanderais encore pourquoi il ne l'a pas publiquement combattue. Celui qui se vante *d'avoir opiné souvent, sous la Convention, contre les factieux, la tête droite, à quelques pouces de leurs sabres et de leurs mousquetons menaçants, et d'avoir combattu leurs attentats à la tribune, lorsqu'on lui tenait le pistolet sous la gorge* (1), est un homme doué d'un grand courage. S'il se tait donc dans une des circonstances les plus im-

(1) *Mémoire justificatif*, page 10.

portantes pour le salut de son pays, surtout quand il n'y a *ni sabres, ni mousquetons, ni pistolets à braver*; on est en droit de regarder son silence comme une approbation formelle de tout ce qui s'est fait sous ses yeux, et il ne mérite aucune confiance lorsqu'il se glorifie d'avoir *su du moins affronter les dangers* (1).

Disons-le franchement ; M. le comte Lanjuinais ne courait aucun risque en s'associant à l'usurpation. Ou l'Europe aurait succombé dans la lutte qu'elle s'apprêtait à soutenir, et alors, s'il n'était pas rappelé aux honneurs de la pairie, il en était amplement dédommagé par le traitement considérable attaché au titre de Président de la chambre des représentants. Ou les Bourbons, au contraire, auraient reconquis leur trône, et, dans ce dernier cas, leur inépuisable bonté l'assurait qu'il n'avait rien à craindre. L'événement prouve la sagesse de ses calculs, puisque la dignité de Pair, qu'il avait si bien mérité de perdre, lui a été cependant conservée.

(1) *Mémoire justificatif*, page 13.

J'arrive à ce qui concerne les *articles additionnels* qui proscrivaient les Bourbons, et je transcris textuellement sa réponse, afin qu'on ne puisse pas m'accuser de l'avoir affaiblie :

» Non-seulement il ne les a pas signés ; » mais il n'a, depuis le 20 mars et avant sa » présidence, malgré les réquisitions par » écrit qu'il en avait reçues, rien juré, rien » signé de relatif aux affaires publiques ; et, » comme président, il a soigneusement cons- » taté, par des paroles solennelles qu'il a fait » consigner au procès-verbal, que le serment » prêté au gouvernement (de fait) et aux ar- » ticles additionnels, n'était prêté que sous la » réserve essentielle des *améliorations et* » *changements qui seraient jugés convena-* » *bles*. Il l'a fait pour lui, et pour les membres » très-nombreux de l'assemblée qui, ainsi » que lui, n'auraient voulu, pour rien au » monde, admettre l'article contre les Bour- » bons, non-seulement à cause de cette au- » guste famille, et du Roi qui avait le gou- » vernement *de droit*, mais même à cause de » la liberté nationale attaquée par cet ar- » ticle ».

Que résulte-t-il de cette réponse ? que M. le

comte Lanjuinais n'a prêté serment au gouvernement (de fait), et *aux articles additionnels*, qu'au moment de l'installation de la chambre.

Mais je n'avais pas dit qu'il eût prêté ce serment, tel jour plutôt que tel autre; j'avais seulement avancé *qu'il l'avait prêté;* et son propre aveu justifie mon assertion.

Qu'importe après cela, qu'il allègue aujourd'hui que ce serment ne fut prêté que sous la réserve essentielle des AMÉLIORATIONS ET CHANGEMENTS QUI SERAIENT JUGÉS CONVENABLES; et *qu'il fit insérer ces paroles solennelles au procès-verbal, tant pour lui, que pour les membres très-nombreux de l'assemblée, qui, ainsi que lui, n'auraient voulu, pour rien au monde, admettre l'article contre les Bourbons?*

J'ouvre le Moniteur du 9 juin, et j'y lis que, dans une discussion qui s'éleva dans la chambre sur la proposition de Garnier (de Saintes), d'insérer dans le procès-verbal la mention formelle que le serment avait été unanime, on passa à l'ordre du jour, motivé sur le fait de la prestation du serment par tous les membres de l'assemblée. Alors M. le président prit la parole et dit :

« D'après les explications données à la tribune sur le serment, d'après cette reconnaissance qui se concilie de droit avec le devoir que nous avons de coopérer dans les formes constitutionnelles aux changements ou améliorations dont les constitutions de l'empire peuvent être susceptibles, vous avez vu se dissiper tous les doutes et tous les scrupules (1) ; le serment constitutionnel a été prêté unanimement ; la chambre a été constituée ; maintenant l'affaire la plus urgente est de répondre par une adresse au discours de Sa Majesté. »

Que faut-il entendre par ces mots, *qui se concilie de droit avec le devoir que nous avons de coopérer dans les formes constitutionnelles aux changements ou améliorations dont les constitutions de l'empire peuvent être susceptibles ?* Bien évidemment ils sont

(1) Il est nécessaire de dire que ces scrupules étaient uniquement fondés sur la crainte qu'exprima M. Dumolard, *qu'on n'exigeât dans la suite, que toutes les délibérations fûssent prises à l'unanimité.*

applicables à la faculté que Bonaparte avait accordée aux chambres d'améliorer la constitution, lorsqu'il s'était aperçu du mauvais effet produit par ses *articles additionnels*; mais prétendre aujourd'hui, que c'était *une réserve essentielle contre l'article 67 qui proscrivait les Bourbons*, c'est se permettre une interprétation d'autant plus absurde que cet article *interdisait formellement au gouvernement, aux chambres et aux citoyens toute proposition contraire aux dispositions qu'il renfermait* (1); que le décret du 30 avril 1815, par lequel l'usurpateur promettait l'amélioration de la constitution, renouvelait la même défense en ces termes : *Interdisant cependant toute discussion sur un certain nombre de points fondamentaux déterminés qui sont irrévocablement fixés* (2); et qu'enfin, l'adresse de la chambre, dont on a déjà vu que le président avait été l'un des rédacteurs, se trouve dans une parfaite harmonie avec l'horrible proscription contenue dans l'article 67.

Je demanderai, au surplus, à M. le Comte,

---

(1) *Moniteur* du 23 avril 1815.

(2) *Idem*, du 1er mai.

comment il aurait osé, si Bonaparte avait été victorieux, proposer la radiation de cet article, lui qui n'en avait pas eu le courage lorsque l'usurpateur était encore dans la dépendance des hommes dont les manœuvres avaient favorisé son retour? et pourquoi, s'il s'était promis de le faire, il ne profita pas de la circonstance que lui fournissait l'abdication.

Non seulement il laissa échapper cette occasion, mais il garda encore le silence lorsqu'on proposa de déclarer que le fils de Napoléon succédait à son père; et cependant, de quelque *impassibilité* qu'il se piquât, cette *impassibilité* ne le dispensait pas de constater enfin une protestation dont la publicité devenait d'autant plus urgente, que l'acte qui appelait Napoléon II au trône consacrait, à la fois, et l'article 67, et l'horrible décret du 25 mars (1) dont les dispositions vouaient à une mort certaine les Bourbons qui seraient trouvés sur le territoire français.

Immédiatement après le passage auquel je

---

(1) Voyez le *Moniteur* du 8 avril.

viens de répondre, mon adversaire ajoute : *M. M. fait en 1815, un tableau véhément des horreurs révolutionnaires de 1793. Moi, je les ai combattues en face, au péril de ma vie, et j'en suis une triste et honorable victime.*

Je n'ai pas eu, M. le Comte, la ridicule prétention de montrer du courage en traçant le douloureux tableau des horreurs révolutionnaires; j'y ai été conduit par le sujet que je traitais, par la nécessité de repousser l'odieuse comparaison que vous aviez établie entre la loi des *suspects* et la loi nouvelle. Mais puisque vous me forcez à parler de moi, sachez qu'on ne m'a jamais vu dans les rangs de ces novateurs séditieux qui ont renversé l'autel et le trône; sachez que si vous avez rempli vos devoirs, *à quelques époques* de la révolution, j'ai scrupuleusement observé les miens *dans toutes les circonstances*; sachez que j'ai été persécuté, proscrit, plus souvent que vous ne l'avez été vous-même; enfin sachez, qu'à l'époque du dernier interrégne et pendant que vous présidiez le *club* de Bonaparte, associant mes faibles efforts à ceux de tant d'hommes de lettres qui se sont distingués par leurs vigoureux écrits, je publiais quatre brochures qui, si elles ne sont pas remarquables sous le rapport du talent, le sont du moins par l'esprit qui les a dictées et par le courage qu'il y avait à les avouer.

La première avait pour titre : *Observations sur la Révolution du 20 mars, Réfutation de la Déclaration du conseil d'état du 25 du même mois ;*

La seconde : *Réflexions sur le rapport de M. Carnot à la chambre des pairs, ou Réfutation des divers reproches adressés au gouvernement royal ;*

La troisième, *Réflexions sur la guerre actuelle, et sur les motifs qui en prolongent la durée ;*

Et la quatrième, *A bas les factieux des deux chambres !*

Elles sont connues de tout le monde, et j'ai eu l'honneur d'en faire hommage au Roi peu de jours après son arrivée.

Vous voyez donc que vous avez fort mauvaise grâce de me reprocher d'avoir attendu jusqu'à ce jour, pour manifester mes sentiments. Vous n'êtes pas mieux fondé sur ce point, que lorsque vous vous présentez comme *une triste et honorable victime de la révolution.*

Sans doute, elle fut injuste, bien injuste, la proscription dont vous fûtes frappé à l'époque du 31 mai : sans doute, vous déployâtes alors un grand courage ; mais n'oubliez pas que vous combattiez moins pour les principes que *pour votre propre salut ;* qu'en résultat, vous vous trouvez élevé du modeste rang d'avocat, aux dignités les plus éminentes, et qu'il y a par conséquent une extrême inconvenance, pour ne rien dire de plus, à vous parer d'un titre qui n'appartient qu'à ces milliers de malheureux, dont le sang innocent a coulé sous le fer des bourreaux, et à ceux qui ont *tout perdu*, à cause de leur dévouement au Roi.

Savez-vous ce qui vous honore beaucoup plus que la fermeté de votre conduite au 31 mai ? Ce sont les nobles efforts que vous fîtes le 26 décembre 1792, pour obtenir le rapport du décret par lequel la convention nationale avait déclaré qu'elle jugerait Louis XVI. Je vous en avais tenu compte dans la brochure que vous avez si improprement qualifiée de *libelle*, et j'aime encore, malgré votre injustice, à les rappeler ici. Mais, qu'il me soit permis cependant de faire observer, qu'en vous élevant contre l'odieuse cumulation de pouvoirs dont la convention nationale s'était investie, vous vous bornâtes à demander *qu'on prononçât sur le sort* de ce malheureux prince, *par mesure de sûreté*; que ce nouveau mode n'était pas moins destructif que l'autre, du grand principe de l'inviolabilité royale; et qu'enfin, le décret que vous combattiez ayant été maintenu, vous concourûtes a son exécution, en votant la culpabilité et la peine de la réclusion, avec le bannissement à la paix, sous peine de mort (1).

Vous n'avez donc pas *défendu l'inviolabilité royale*, comme vous le dites, page 37 de votre *Mémoire justificatif*.

Vous n'avez donc fait votre devoir qu'à demi; et si l'histoire vous distingue de ces tigres qui se montrèrent altérés du sang de leur Roi, elle ne vous placera cependant pas sur la ligne des hommes estimables qui bravèrent tous les dangers en refusant de prendre part à cette délibération impie.

(1) Voyez mon *Histoire du Procès de Louis XVI, dédiée à S. M.*, et tous les journaux du temps.

J'avais cru que vous gémissiez de la faute énorme que vous aviez commise en votant ainsi ; j'avais pensé que la terreur vous avait arraché cette déclaration fatale, car on m'avait assuré que vous en aviez fait l'aveu ; et j'avais préféré vous signaler comme un homme *faible* que comme un homme *coupable*. Ces ménagements vous offensent, et vous me répondez par le MENTIRIS IMPUDENTISSIMÈ *du père capucin dans la* 15e *des Provinciales*. Eh ! bien, soit : j'ai eu tort de vous faire tenir ce langage ; mais prenez-y garde, vous n'avez pu vous en plaindre sans vous reconnaître en même temps le complice *volontaire* de l'horrible forfait que la France ne cessera de déplorer, car tous ceux qui répondirent par l'affirmative à cette première question : *Louis est-il coupable de conspiration contre la liberté publique et d'attentats contre la sûreté de l'État*, provoquèrent l'application de la peine qui lui fut infligée, comme le font les jurés par leurs déclarations sur les questions qui leur sont soumises (1).

---

(1) Toutefois il est juste de dire qu'au moment où l'on agita la question de savoir si le décret qu'il s'agis-

Encore si le démenti que vous m'avez donné vous affranchissait du reproche *d'avoir voté contre votre conscience!*... Mais vous n'y échapperez pas non plus, parce qu'il n'est pas un seul membre de la Convention nationale qui ne fût intimément convaincu que Louis XVI était *inviolable* et *innocent*. La constitution elle-même et sa vie toute entière ne permettaient pas d'élever le moindre doute à cet égard.

M. le Comte m'attaque aussi relativement au voeu que j'ai exprimé de ne voir appeler désormais à toutes les places, que des hommes *dont la conduite passée garantisse la fidélité future;* et il se prononce avec force contre toute espèce d'épuration.

Ceux qui ont figuré d'une manière peu ho-

---

sait de rendre, le serait à la simple majorité, M. Lanjuinais demanda avec énergie, *au nom de la justice et de l'humanité, qu'il fallût les trois quarts des suffrages*. Uuc pareille proposition annonçait clairement le dessein d'éviter qu'on appliquât la peine capitale, mais il avait déjà *déclaré le Roi coupable*, et ce premier vote était lui-même un grand attentat. — (*Moniteur*, séance du 16 janvier 1793).

norable dans la révolution, et qui remplissent des fonctions publiques, doivent être infiniment touchés d'un procédé d'autant plus généreux, que c'est pour eux seuls qu'il parle, puisque l'inamovibilité de la pairie le rassure sur son propre sort. Mais comme leur intérêt n'excite nullement ma sollicitude, parce qu'il est en opposition directe avec celui du Roi et de la patrie, je persiste dans mon opinion. Si on l'avait adoptée dès l'année dernière, l'usurpateur n'aurait pas reparu au milieu de nous; les amis de la morale ne seraient pas réduits à gémir sur les dégoûtantes *adresses* qu'il reçut de la part des mêmes autorités qui avaient juré d'être fidèles au Roi (1);

---

(1) Voyez le *Moniteur* du 27 mars, des 1er et 4 avril, etc. il faut lire ces actes pour avoir une idée des funestes effets de la cupidité, et pour sentir combien il importe, soit pour l'intérêt du trône, soit pour le triomphe de la morale, d'éloigner de tous les emplois, des hommes qui ont violé d'une manière aussi manifeste leurs devoirs les plus sacrés, et auxquels toutes les révolutions, tous les gouvernements conviennent, pourvu qu'on leur donne DES PLACES ET DE L'ARGENT.

On parle de l'armée : ah ! sans doute elle a été bien

notre territoire n'aurait pas été de nouveau envahi, ravagé; sept cent millions de contributions de guerre ne pèseraient pas sur nous; et le tribunal de Langres n'aurait pas méconnu tout récemment l'importance de ses devoirs, en se permettant d'acquitter un homme qui, accusé d'avoir tenu des propos séditieux contre le Roi, avait encore eu l'audace de les répéter en pleine audience (1).

Au reste, il faut bien que M. le comte se résigne à voir opérer cette salutaire épuration, les deux chambres l'ont sollicitée, et le discours de M. le duc de Richelieu sur le projet de loi d'amnistie, annonce de la manière la plus formelle, que le gouvernement en a aussi reconnu la nécessité.

Si j'ai eu jusqu'à présent un grand avan-

---

coupable! mais les magistrats, mais les administrateurs qui ont favorisé l'usurpation, le sont mille fois plus encore, parce-que, doués de plus de lumières, ils n'ont pu s'abuser sur l'énormité de leur crime, et parce qu'ils ne peuvent alléguer pour excuse, comme les soldats, l'habitude de ne suivre que des mouvements impétueux, ni le prestige attaché à l'homme qui les avait souvent conduits à la victoire.

(Voyez la *Gazette de France* du 3 décembre.)

tage sur mon adversaire, il n'en sera pas de même relativement au compte que je lui ai demandé de son silence lorsque la loi des *Suspects* fut proposée. Il se justifie par un *alibi*, et je dois confesser en effet qu'éloigné de la Convention nationale par sa proscription du 31 mai 1793, il lui était bien impossible de combattre la loi du 17 septembre de la même année.

J'ai donc commis à cet égard une erreur, mais il va bientôt expier ce léger triomphe.

On se rappèle que je lui avais également reproché de n'avoir pas élevé la voix contre l'affreux décret du 20 mars 1793, qui mettait HORS LA LOI ceux qui étaient prévenus d'avoir pris part aux émeutes qui avaient éclaté à l'époque du recrutement, et ceux qui *auraient pris* (1) ou qui prendraient la cocarde blanche ou tout autre signe de ralliement.

Quelle est sa réponse ? Il commence par dire qu'*il pouvait peu à cause de sa conduite juste et modérée, parce qu'on l'appelait déjà mandataire infidèle, modérantin, royaliste infâme, etc.*; et il termine en affirmant qu'*il*

---

(1) Toujours l'effet rétroactif !....

combattit les excès de ce décret par tous ses moyens, au comité où il fut préparé, et dans l'assemblée, devant la SAINTE MONTAGNE, *qui préparait sa proscription très - prochaine ;* enfin qu'*il descendit, mais vainement, à solliciter Danton afin d'obtenir des amendements considérables.*

Il pouvait peu à cause de sa conduite juste et moderée ! — Mais ce n'était pas une raison pour ne pas faire de tentatives.

Il en a fait au comité ! — Mais ce n'était pas là qu'il fallait les faire, c'est à la tribune qu'il fallait monter, comme il sut y monter plus tard lorsque sa liberté fut menacée.

Il en a fait dans l'assemblée ! — Mais le Moniteur atteste que la loi fut adoptée sans aucune espèce de réclamation ; et que Cambacérès qui la proposa, déclara même *qu'elle avait été rédigée à la hâte et dans quelques heures, parce que les circonstances étaient pressantes, et que les circonstances commandaient presque toujours les décisions* (1) !

Il sollicita auprès de Danton des amendements considérables ! — Mais où en est la preuve ? Danton est mort, et lors même qu'il vivrait encore, on sent tout ce qu'aurait de suspect un pareil témoignage.

---

(1) *Moniteur*, N° 80, année 1793.

Concluons donc que mon assertion subsiste dans toute sa force, et qu'elle prouve que M. le comte Lanjuinais n'était pas toujours en 1793, aussi austère qu'il l'est aujourd'hui.

On se rappéle aussi qu'il a affirmé dans son mémoire justificatif (1) *s'être toujours opposé aux confiscations.*

Eh bien! ce maudit Moniteur vient encore me fournir la preuve du contraire. Je lis, à l'article de la séance du 18 mars 1793, que le député *Lasource*, ayant proposé, au nom du comité de sûreté générale, de faire transférer à Paris, pour y être jugés par le tribunal révolutionnaire, des prisonniers du département d'Ille-et-Vilaine, *prévenus d'avoir trempé dans la conspiration de la ci-devant Bretagne*, M. Lanjuinais prit la parole et dit :

« Je demande à proposer un article additionnel. Dans le moment où nous sommes, » il se manifeste dans tous les points de la » république, des symptômes affligeants de » contre-révolution. Ce sont les émigrés et » leurs valets, les prêtres insermentés, qui » s'agitent en tous sens, et qui entraînent » avec eux des milliers de paysans. Déjà les » conspirateurs ont eu des succès dans la

(1) Page 9.

» ci-devant Bretagne ; et pour les arrêter, il » faut des mesures promptes, des mesures » qui frappent à l'instant, et sur les lieux » même. Je demande donc que la loi contre » les émigrés pris les armes à la main, soit » appliquée à ceux qui s'opposeront au re- » crutement. Je demande, en outre, que les » biens de ceux qui seront tués *dans ces* » *insurrections* SOIENT CONFISQUÉS ».

Ainsi, l'on voit que M. Lanjuinais, *qui pouvait peu* pour s'opposer à l'épouvantable décret du 28 mars, avait *pu beaucoup*, deux jours auparavant, pour aggraver la proposition, déjà si terrible, faite *contre ses compatriotes*.

Je m'arrête, M. le Comte, parce que je commence véritablement à m'appitoyer sur votre situation, et que je ne veux pas ajouter à votre embarras en poussant plus loin mes recherches. Je sens d'ailleurs, qu'habitué depuis vingt-six ans à lutter contre les principes conservateurs des états, et à voir des *conspirateurs* dans les hommes qui se sont distingués par leur courageuse fidélité à nos princes, tout ce qui rappéle ces principes et cette fidélité, vous irrite ; je conçois que les actes de l'autorité, qui tendent à reprimer des excès que vous considériez comme des *traits de civisme*, ne puissent pas obtenir votre suffrage, et vous paraissent même autant *d'attentats contre la liberté*. Mais que voulez-vous? La France a irrévocablement secoué le joug honteux sous lequel elle a gémi trop long-temps; la France est également lasse et des scélérats qui l'inondèrent de sang, avec lesquels personne, à coup-sur, n'aura l'injustice de vous confondre, et de ces censeurs atrabilaires, de ces réformateurs ridicules qui voudraient l'ériger encore une fois en république; en un mot, la France VEUT SON ROI. Soumettez-vous donc, reprenez cette *impassibilité* dont vous aviez contracté l'habitude dans le sénat de l'usurpateur, que vous avez si religieusement observée lorsque vous présidiez la chambre des *prétendus représentants*; et convenez que les moyens qu'on emploie aujourd'hui pour assurer la tranquillité publique, sont infiniment doux auprès de ceux que vous proposiez vous-même, au mois de mars 1793; car il ne s'agit, ni *d'assimiler aux émigrés pris les armes à la main*, les factieux contre lesquels est dirigée la loi que vous avez si amèrement combattue, ni *de soumettre leurs biens à la confiscation*.

FIN.

www.ingramcontent.com/pod-product-compliance
Ingram Content Group UK Ltd.
Pitfield, Milton Keynes, MK11 3LW, UK
UKHW022152170726
13837UKWH00004B/1951

9 782019 984571